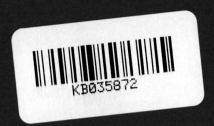

아빠의 손

SEOUL, 2013

아빠의 손

초판 제1쇄 발행일 2013년 2월 5일
초판 제25쇄 발행일 2022년 3월 20일
글 마하라 미토 그림 하세가와 요시후미 옮김 김난주
발행인 박헌용, 윤호권 발행처 (주)시공사
주소 서울시 성동구 상원1길 22, 6-8층 (우편번호 04779)
대표전화 02-3486-6877 팩스(주문) 02-585-1247
홈페이지 www.sigongsa.com/www.sigongjunior.com

ISBN 978-89-527-6761-5 74830
ISBN 978-89-527-5579-7 (세트)

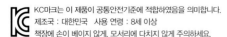

아빠의 손

마하라 미토 글 · 하세가와 요시후미 그림 · 김난주 옮김

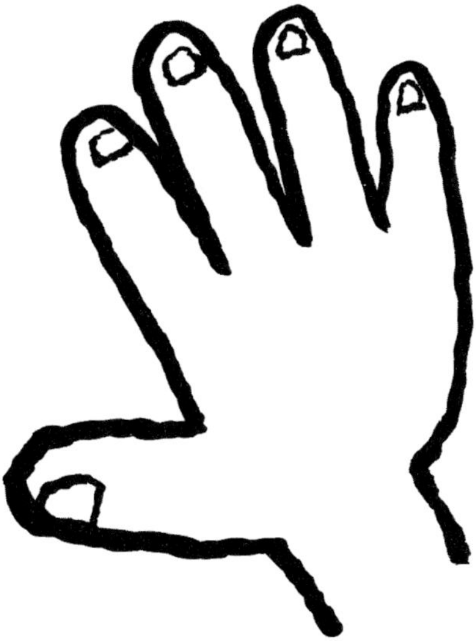

시공주니어

집에 돌아왔을 때,

아빠는 라디오를 듣고 있었다.

"어서 오너라, 가오리."

아빠가 나지막이 말했다.

"나라는 걸 어떻게 알았어?"
나는 아빠의 얼굴을 들여다보면서 물었다.

우리 아빠는 앞이 보이지 않는다.

내가 아주 어렸을 때,

교통사고로 머리를 다쳐 시력을 잃었다.

"가오리 냄새가 나니까 그렇지."

"냄새? 무슨 냄새가 나는데?"

"급식 냄새."

나는 입고 있는 셔츠를 잡아당겨

킁킁 냄새를 맡아 보았다.

앗, 정말이다.

스파게티와 케첩 냄새가 난다.

"오늘 점심은 나폴리탄 스파게티였어."

오늘 급식 때가 떠올랐다.

"후식으로 냉동 귤이 나왔는데, 요짱이 한 입 깨물고는 눈을 찡그렸어."

"너무 차가웠나 보구나."

아빠는 재미나다는 듯이 웃었다.

현관문이 열리는 소리가 났다.

“뒷집 할머니가 오셨구나.”

아빠가 그렇게 말하고 라디오를 껐다.

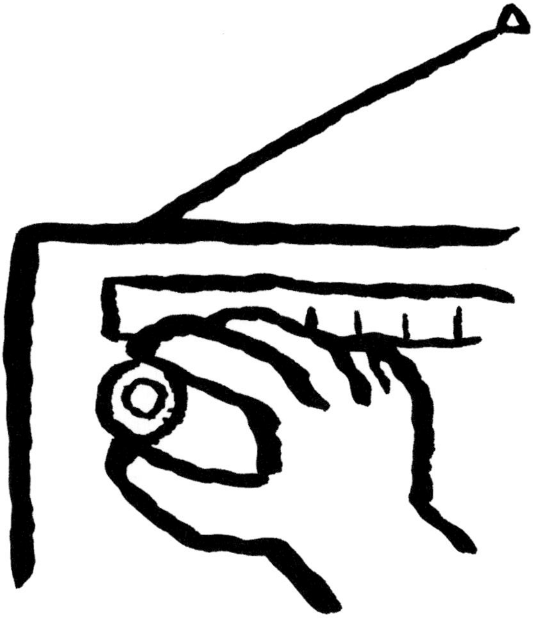

"안녕하시우, 잘 부탁해요."

정말이다.

뒷집 할머니다.

우리 아빠는 집에서 침술 치료를 하고 있다.

할머니가 침대에 엎드렸다.

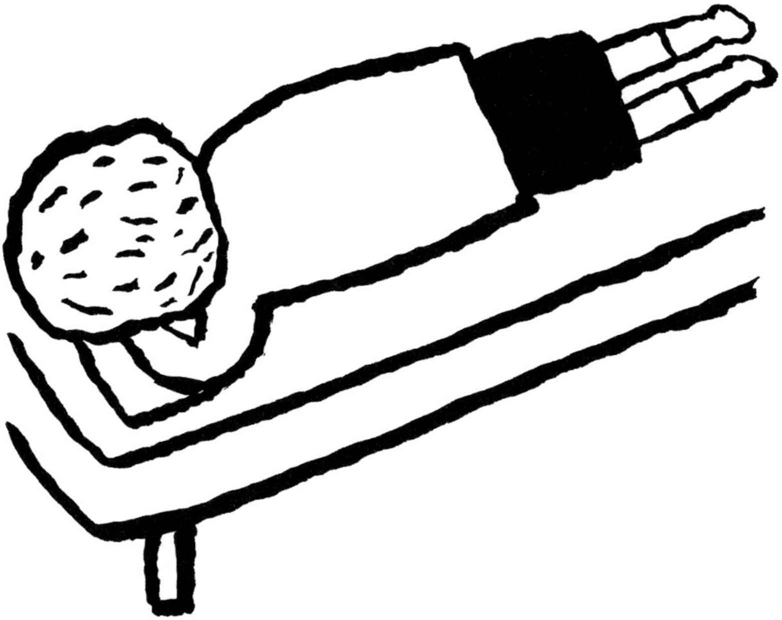

나는 침대 옆으로 다가가
코를 발랑발랑 움직여 보았다.
할머니 몸에서 향냄새가 났다.

아빠가 손가락으로
할머니의 등을 꾹꾹 눌렀다.
손가락 모양으로 등이 옴폭옴폭 들어갔다.
두 엄지손가락이 앞서거니 뒤서거니
달리기 시합을 하는 것 같았다.
이쪽으로 갔다가
저쪽으로 갔다가
어디까지 가는 걸까.

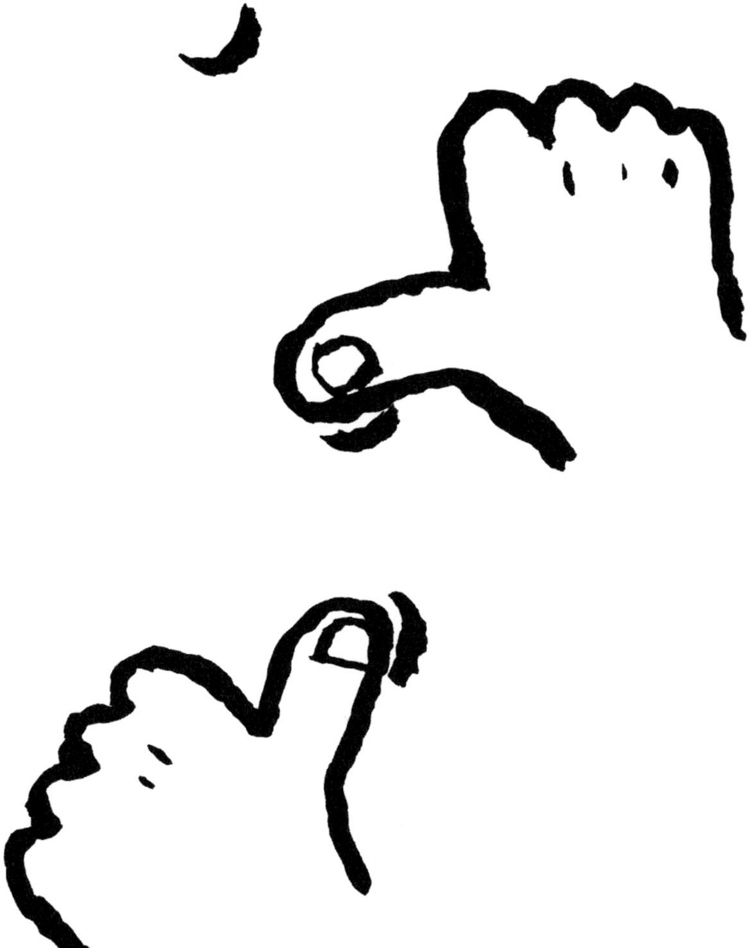

손가락이 멈췄다.

아빠가 거기에다 긴 침을 꽂았다.
나는 서늘한 바람이 휭 스친 것처럼 오싹해서
어깨를 움찔했다.

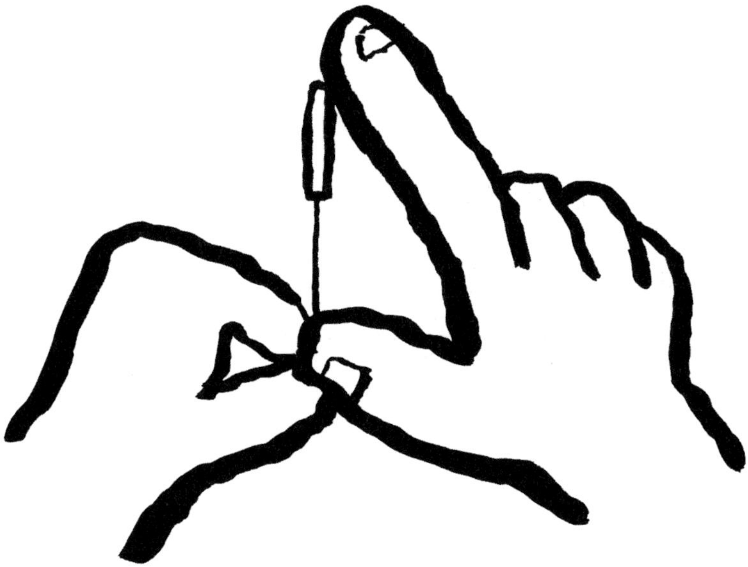

그런데도 할머니는

조금도 아픈 표정이 아니었다.

느긋하게 눈을 감고 있었다.

"아빠, 왜 안 아픈 거야?"

"등이 가르쳐 주니까 그렇지.
여기에 찌르세요, 하는 소리가 들리거든."

아빠가 웃었다.

뒷집 할머니도 웃었다.

할머니가 돌아간 다음,
나는 아빠 손가락을 만져 보았다.
귀를 찾아볼 생각이었다.

아빠의 엄지손가락은 넓적하고
작은 돌멩이처럼 딱딱했다.
나는 아빠의 두 손을 활짝 펴도 보고
뒤집어도 보면서 찬찬히 찾았다.
하지만 귀는 어디에도 없었다.

"가오리, 곧 비가 올 것 같은데."

나는 베란다로 뛰어나가서
빨래를 걷어 들였다.
아빠가 일할 때 쓰는 수건이
잔뜩 널려 있었다.

쏴아, 굵은 빗방울이 떨어졌다.
아빠는 일기 예보의 달인이다.
엄마는 우산을 가지고 갔을까.

"아빠, 비가 올 거라는 거
어떻게 알았어?"
"갑자기 공기가 무거워졌으니 알지."

공기가 무거워졌다는 건 무슨 뜻일까.

나도 아빠 옆에 앉아 눈을 감아 보았다.

금방 빗소리가 들렸다.

“아빠, 빗소리가 들리네.”

도로에 비가 뿌리는 소리가 들린다.

자동차가 지나가자 물방울이

튀는 소리도 들렸다.

"여러 가지 소리가 들려, 아빠."

감은 눈에 꾹 힘을 주었다.

운동장에 핀 나팔꽃이 보였다.

나팔꽃들이 뾰족한 잎사귀마다 빗물을

담뿍 머금고 "아, 시원하다." 하며 웃고 있었다.

짹, 짹, 짹.

참새 소리가 들렸다.

비를 피하다 날아가는 참새가 보였다.

"이제 비가 그쳤구나."

아빠 목소리에 눈을 떴다.

환한 빛이 눈부시게 쏟아졌다.

아빠 손이 라디오를 켜려다 멈췄다.

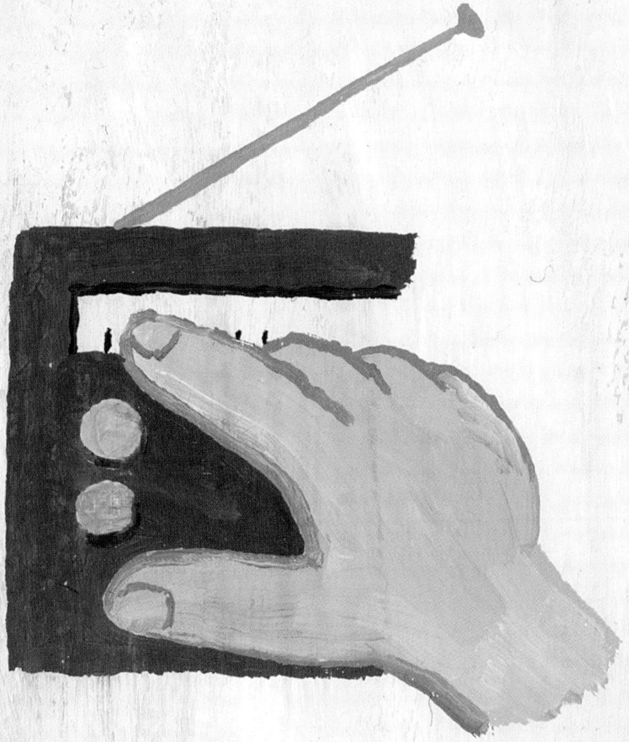

"가오리, 가만히 귀 기울여 보렴."

아빠가 싱긋 웃었다.

나는 다시 눈을 감았다.

조그만 노랫소리가 들려왔다.

높고 고운 엄마의 목소리.

점점 크게 들려왔다.

일 끝나고 돌아오는 엄마의 노랫소리다.

나는 아빠의 손가락을 꼭 쥐었다.

또각, 또각, 또각,

아파트 계단이 울렸다.

그리고 문이 열렸다.

"다녀왔어요.

밖에 무지개 떴던데."

통통 튀듯 밝은 목소리가 들렸다.

"엄마, 엄마 왔어?"

나는 현관으로 뛰어나갔다.

옮긴이의 말

세상을 바라보는 아이들의 눈은 참 곱고 즐거운 빛으로 가득합니다. 그렇게 반짝이는 눈 너머에는 사랑으로 배려하고 가르쳐 주는 부모님의 마음이 있습니다. 부모님은 아이가 성장하면서 자아가 형성되고 자신의 세계를 일구어 갈 때까지 아이들에게 세상을 보는 거대한 창문 역할을 하니까요. 그렇기 때문에 어린 시절 부모님과 나눈 대화와 소통의 기억은 아이가 어른이 되어서도 지침으로 삼는 삶의 버팀목일 수 있는 것이지요.

《아빠의 손》은 어린 소녀가 앞이 보이지 않는 아빠와 대화하며 세상을 보고, 듣고, 느끼는 아름다운 순간들을 그린 이야기입니다. 아빠는 비록 시력을 잃었지만, 올바른 눈과 정확한 귀와 너른 마음을 딸에게 고스란히 전달하고 가르치죠. 딸은 또 아빠와의 교감을 통해 앞이 보이지 않는다고 보고 듣고 느낄 수 없는 것은 아님을 배우고, 오감을 활짝 열어 세상과 소통하는 방법을 깨우쳐 갑니다. 아빠와 딸 사이에 이런 소중한 한때가 있다면, 그 추억은 영원히 살아 딸의 인생을 비추는 등대가 될 것입니다.

2013년 찬 바람 부는 겨울

김난주